꽃불

시와소금 시인선 · 080

꽃불

임영석 시조집

시와소금

임영석 약력

1961년 충남 금산군 진산 출생, 논산공고 기계과 졸업. 1985년 《현대시조》 봄호에 「겨울밤」으로 2회 천료 등단, 시집으로 『이중 창문을 굳게 닫고』, 『사랑엽서』, 『나는 빈 항아리를 보면 소금을 담아놓고 싶다』, 『어둠을 묶어야 별이 뜬다』, 『고래 발자국』, 『받아쓰기』가 있고, 시조집으로 『배경』, 『초승달을 보며』, 『꽃불』이 있으며, 시조선집 『고양이 걸음』과 시론집으로 『미래를 개척하는 시인』이 있다. 2009년 한국문화예술위원회, 2012년, 2016년, 2018년 강원문화재단, 2018년 원주문화재단에서 창작 지원을 받았다. 그리고 2011년 제1회 시조세계문학상과 2017년 제15회 천상병귀천문학상 우수상을 받았고, 계간 스토리문학 부주간이며, 1987년부터 노동자 생활을 하다가 2016년 희망퇴직을 했다.

전자주소 : imim0123@naver.com

죽어서 다시 태어날 수 있다면
나는 詩를 쓰지 않을 것이다.
詩를 쓰는 일은 내가 나를 길들여
세상 밖으로 떠나보내는 일이다.
2012년 시조집 『초승달을 보며』 이후
6년 만에 시조집을 낸다.
2016년 명예퇴직 후 시론집과 시집, 시조 선집을 발간했다.
그리고 시조집 『꽃불』을 또 낸다.
한 송이 꽃으로는 꽃불이 될 수 없어
내 침묵과 고독과 외로움을 보태
뜨거운 꽃불을 피운다.
2018년 강원문화재단의 창작기금을 받아 발간을 한다.
이러한 창작지원이 없다면 엄두도 못 낼 일이다
감사한 마음이다

2018년 여름

치악산 밑에서 임영석

| 차례 |

| 시인의 말 |

1부

2부

3부

4부

5부

시인의 에스프리 | 임영석

제 1 부

의자論

물에게 바닥이라는 의자가 없었다면
평등을 보여주는 수평선이 없었을 거다.
물들이 앉은 엉덩이 그래서 다 파랗다.

별빛에게 어둠이라는 의자가 없었다면
희망을 바라보는 마음이 없었을 거다.
별빛이 앉은 엉덩이 그래서 다 까맣다.

의자란 누가 앉든 그 의자를 닮아 간다.
풀밭에 앉고 가면 풀 향기가 스며들고
꽃밭에 앉자 가면 꽃향기가 스며든다.

斷想, 다섯 개

1. 담배

다음 배에 온다고 해서 붙여진 담배란 이름,
얼마나 기다리면 다음 배, 다음 배가
입속에 둥지를 틀어 담배라고 불렀을까.

2. 기러기

살얼음에 머리 박고 먹이를 찾는 기러기떼
추위보다 더 단단한 별빛을 주워 먹고
아무리 머나먼 길도 별빛을 찾아 날아온다.

3. 나의 이름

보리쌀 한 말 주고 지었다는 내 이름은

탁발 스님 입속에서 염불처럼 나왔는데
보리쌀 한 말 값만큼 살았는지 궁금하다.

4. 나무 시장에서

땅속에 뿌리박고 사는 것은 똑같은 데
어느 잎은 푸르르고 어느 잎은 황금빛이다
나무도 금송(金松)이 되면 대접부터 다르다.

5. 폐교를 바라보며

성근 별만큼이나 많았던 아이들이
세상의 어둠보다 사람의 어둠 속에
그대로 매몰되었다 참, 구조가 더디다.

쉰밥

어머니는 밥이 쉬면 물에 헹궈 드시었다.
탈 나는 걱정보다 밥 굶는 걱정으로
쉰밥을 그리 먹고도 끄떡 없이 사셨다.

그러던 어머니가 고된 삶이 싫었는지
비가 오나 눈이 오나 입 다문 표정으로
36년 세월이 가도 말 한마디 안 하신다.

詩나 쓰고 살아가는 이 아들이 밥 굶을까
아무 말 안 하시고 지켜만 보시는데
얼마나 걱정이 되면 잠도 자지 않는다.

풍향계

모두가 앞을 향해 질주하는 세상에서
이리 가라 저리 가라 바람길을 알려주며
외통수 삶을 사는 게 쉬운 일은 아니다.

때로는 절박하고 때로는 유순하게
보내고 맞이하는 풍향계의 중심에는
바람도 바꿀 수 없는 生의 축이 박혀 있다.

보이지도 않는 바람, 만질 수도 없는 바람
손으로 잡아 보고 눈으로 바라보듯
바람의 고독까지도 눈을 감고 알아낸다.

꽃불

이 산 저산
불이 날까
지키는
산불감시원

하루 종일
지키지만
꽃불은
못 막는다.

그 꽃불
연기도 없어
비가 와도
안 꺼진다.

희망록(希望錄)

달팽이는 더듬이로 어둠을 더듬으며
별빛까지 가겠다고 나무를 오르는데
만삭의 부처바위는 늘 그대로 앉아있다.

천 년 전 입덧하여 배만 부른 부처바위,
한 걸음도 꿈쩍 않고 서 있는 모습에는
기어서 가는 달팽이 느리다고 탓만 한다.

껑충껑충 뛰어가나 성큼성큼 걸어가나
부처바위 눈 속에는 거기서 거긴 거다.
아무리 빨리 걸어도 천 년 세월 못 걷는다.

울타리

숲에서 사는 새는 그 숲이 울타리고
절벽에 사는 새는 절벽이 울타리다.
밤마다 반짝이는 별, 내 꿈들의 울타리다.

詩法

날개가 없다 해서 날아갈 수 없다 하면
온몸을 불태워서 가야 할 길이리라.
강물이 하늘을 담아 흘러가는 것처럼,

달

품을 수 있는 것은 다 품어서 더 그립고
버릴 수 있는 것은 다 버려서 더 은은한
저 달의 필흔인적(筆痕印迹)에 소쩍새만 울고 있다.

버릇

넝쿨장미 줄기들은 버릇이 고약하다.
제 화(火)를 참지 못해 가시가 돋아나고
손 한번 잡으려 하면 독한 독을 품는다.

정원사는 그 버릇을 그대로 놔두면서
고독으로 번진 불이 꽃으로 필 때까지
버릇을 부채질하여 활활 타게 만든다.

앵무새 같은 버릇, 토끼 눈 같은 버릇,
고약한 줄기 속에 폭약처럼 장전하고
그대의 고백과 함께 다 터트리겠다는 자세다.

생각들

한 알의
씨를 묻고
싹이 트길
기다리면

날마다 그 생각이
마음속에 자라서

하루에
스무 번도 더
꽃이 피고
꽃이 진다.

어떤 울타리

언 땅에 뿌리박은 냉이를 캐다 보면
추위보다 더 깊이 뿌리가 박혀 있다.
추위가 냉이 뿌리를 단단하게 지킨다.

돌 지난 망아지는 망아지라 할 수 없고
모가 난 돌 아니면 탑이 될 수 없는데
냉이는 꽁꽁 언 땅을 경전처럼 받아든다.

냉이에게 강추위는 탑 같은 울타리다.
제 몸을 달구어서 깊이 뻗은 뿌리 속에
아무도 훔칠 수 없는 깊은 향을 감춰둔다.

일개미

게으름을 모르기에
찬양받는 일개미.

세월의 등고선을
허리에 질끈 묶고

날마다
삶의 걸음을
태산처럼 옮긴다.

별을 읽다

불을 켜고 바라보면
둘레만 보이지만

불을 끄고 바라보면
별빛까지 다 보인다.

어둠은
만국 공통어
불빛들만 읽는다.

유혹들

어떤 새는 울음으로 암컷을 유혹하고
어떤 새는 춤을 추며 제 영혼을 다 받치는데
그래도 맘에 안 들면 외면하고 돌아선다.

얼룩말은 얼룩 속에 희망을 불어 넣고
늑대는 울음 속에 고독을 숨기지만
맹수는 방뇨조차도 유혹이라 말한다.

나뭇잎을 닮기 위해 투명한 청개구리,
물총을 쏘아 올려 먹이 잡는 물고기도
유혹에 실패했다면 이 세상에 없을 거다.

제 2 부

새

새들이 날아가서
별처럼 아득할 때

그 새는 새가 아닌
하늘이 되어 있다.

날마다
하늘이 되어
푸른 꿈을 가꾼다.

故, 김광석에게

잎, 잎의 나무들이 고요함을 따라가며
푸르른 메아리로 숲이 되고 산이 될 때
그대는 삶의 고독을 하늘까지 이어 놨다.

시절은 목마르고 아픔을 주었지만
슬픔보다 더 슬펐던 그대의 목소리에
무엇을 잘못했는지 내 마음이 더 시리다.

가시나무 가시처럼 단단했던 내 젊음이
어느새 불길 속에 다 타고 없는 지금,
떠날 수 없는 마음만 장승처럼 서 있다.

그대는 서른쯤에 이 세상을 떠나면서
하늘의 별빛 같은 영혼을 남기였다.
그 영혼 바라보는 게 내 유일한 樂이다.

할미꽃

어머니 봉분 앞에
피어 있는 할미꽃

땅속이 어둡다고
세상 밖에 나와서

얼마나
눈이 부신지
고개부터 푹 숙인다.

오만과 오욕으로
살아온 내 눈빛은

할미꽃을 바라봐도
아무것도 못 보는데

할미꽃
뜨거운 불은
아지랑이를 피워낸다.

塔 · 1

生의 피는
다 탑이다.

흐린 날은
흐린 꿈을

밝은 날은
밝은 꿈을

탑처럼
쌓고 쌓아

스스로
빛이 되는데
그 마음이
다 탑이다.

塔 · 2

무너지지 말라고 쌓는다면 탑 아니다.
무너지고 무너져서 무너지지 않는 마음
그 마음 쌓고 쌓아서 높아지면 다 탑이다.

無題

무릇 공부 半百 年에
그대로인 나의 가난,

달하나 바라보며
삶의 門을 여닫는데

세상은 맑은 魂마저
어둠속에 묻는다.

名色이 詩人이라
욕심을 다 삭히고

치악산 산봉우리에
달이 뜨는 걸 바라보니

앞으로 반백 년 동안
내 허기는 면하겠다.

침묵에게 배우다

세상 일 다 몰라도
침묵 하나 배운다면

어둠 속 별빛처럼
천 년 만 년 살 것인데

내 귀는
침묵의 말을
알아듣지 못한다.

입이 있어 말을 하고
귀가 있어 듣는 건데

나무는 그 침묵을
어떻게 알아듣고

세월의
쯤을 말하듯
침묵의 글을 새긴다.

생각을 접다

대관령 고갯길을 오르고 오르다가
바람에 부딪치며 돌아가는 풍차처럼
한계령 바람 앞에서 기념사진을 찍었다.

행주로 닦은 듯이 깨끗한 나무들은
안개가 몰고 와서 만드는 상고대에
스스로 생각을 접어 꽃이 되고 있었다.

멀쩡한 나무라면 이 무서운 칼바람에
목숨 하나 건지려고 발버둥을 치겠지만
눈꽃을 피워 놓고서 숨소리도 안 낸다.

우리 집

달빛이 무거워서
지붕이 무너졌다.

무너진 지붕 위로
풀들이 자랐다.

풀들이
자란 지붕은
해와 달의
놀이터.

지난 10년

지난 10년
내 몸에는
죽어가는
나무처럼

바람 같은
생각들이
온몸을
파고들어

날마다
고독 하나를
대못처럼
박아 놓았다.

고향집 폐가에서

다 떠난 고향집이 흉가처럼 변해가고
가죽나무만 뿌리를 뻗어 제 가족을 늘리고서
이제는 제 집이라고 장독까지 차지했다.

흉가를 지키느라 분주했을 가죽나무
삐딱한 정지 문을 제 그늘로 가려 놓고
버려둔 가마솥 가득 가죽 향을 끓여댄다.

등대 같은 고향 집을 가죽나무에 다 빼앗기고
무엇에 의탁하여 살아갈까 생각하니
앞산의 뻐꾸기 소리만 옛 그대로 울고 있다.

소리의 감옥

높은 산을 오를수록 낮아지는 나무의 키,
바람이 심술을 부려 억누르고 억누르면
더 크게 소리를 키워 경(經)을 읽는 나무들

봄이면 피를 토해 목청을 가다듬고
읽었던 경(經)의 소리 한뜻으로 답한 꽃에
귀양 온 해발 천 미터 감옥이 다 환하다.

누구는 이 모습이 극락이라 말을 하고
누구는 이 풍경이 천국이라 말하지만
더 낮게 땅에 엎드려 배우는 말씀이다.

하늘이 가까워도 손 벌리지 않는 나무,
바람 옷 한 벌 입고 귀양살이하는 나무,
세상을 내려 보고도 더 낮게만 살아간다.

소리로 집을 짓고 소리로 담을 쌓아
하늘의 말을 듣고 엎드려 사는 나무,
오늘도 소리 감옥엔 경(經) 소리만 들린다.

山中問答 三數

1.

내가 내 罪를 물어
스스로 罰 서는 날

나보다 더 큰 소리로
울고 있는 청개구리,

캄캄한 어둠 속인데
그 마음이 다 보인다.

2.

산을 품고 흐르는 강
강을 품고 서 있는 산

무심한 듯 돌아앉아

말 한마디 안 하지만,

늦가을 들국화 피면
다정하게 취해 있다.

3.
달 아래 산
산 위의 달
첩첩 인연 가득한데

먹물도 붓도 없이
만(萬) 폭 풍경 그려 놓고

소쩍새 울음소리만
찻잔 속에 우려낸다.

어둠의 두께

어둠 속에 불빛들이 점, 점, 점, 박혀 있다.

그 두께가 이 세상을 아득하게 품어 낸다.

어둠도 제 몸속에다 알을 품어 슬어낸다.

바람과 돌

바람이 돌을 만나
떠돌았던 애길 하면

돌은 바람에게
별빛을 가리킨다.

저 별이
불빛 같아도
억만년 된 돌이란다.

제3부

끈

평등의 끈을 잡고
강물이 흘러간다.

향기의 끈을 잡고
나비가 날아온다.

바람의
끈을 잡고서
눈과 비가 내린다.

팽이論

스스로 손과 발을
다 버린 저 외고집

불안을 길들여서
돌아가는 저 표정이

멈추면
영혼의 말이
사라질까
못 멈춘다.

결국

서서 보면 半은 가려
보이지 않는 것이

누워서 바라보면
앞뒤가 다 보인다.

결국은
내가 내 앞을
가로 막는 벽이었다.

肝 때문에 피로하다는 말에 대해서
― 非愛酒家 입장에서

1.

배달이 너무 많아
늦는다는 택배문자

밤 열두시 현관 앞에
조용히 놓고 가며

늦어서 죄송하다고
알림 문자를 보내왔다.

당신이 왜 미안하고
당신이 왜 죄송한가.

부처님도 하느님도
풀어내지 못한 삶을

혼자서 끙끙거리며
짊어진 게 왜 죄인가.

2.

큰누님 무릎관절
망가지고 망가져서

인공관절 바꾸고서
한 마디 내뱉는 말,

두 다리 멀쩡해야만
사는 것 같이 산다 한다.

3.

간 때문에 피로하다고
피로가 간 때문이라고

이 황당한 광고 앞에
쓴웃음을 지어본다.

뼈 속이 망가졌는데

왜 간 때문에 피로한가.

밑천

저 허공을 밑천으로
새들이
날아간다.

저 바닥을 밑천으로
강물이
흘러간다.

어둠을
밑천 삼아야
밤하늘이 빛난다.

희망

멍! 멍! 멍! 개가 짖어
경계를 표시한다.

개에게는 그 경계가
유일한 희망이다.

어둠은
불빛 하나로
제 희망을 다 말한다.

어린 손주의 혀

쓰고 맵고 달고 짜고
세상맛을 다 아는 듯

넘어지고 엎어지며
혀끝에 새기는 말.

날마다
꽃 같은 말이
혀끝에다 새긴다.

높은 말 낮은 말

하늘 보면 높은 말이
반짝반짝 빛이 나고

땅을 보면 낮은 말이
푸릇푸릇 돋아난다.

그 말들
듣고 들으면
눈과 귀가
다 트인다.

기적 소리

새벽마다 내 가슴을 뚫고 가는 기적 소리,
어떤 날은 뿡뿡 울고 어떤 날은 뿡~ 길게 울며
기적은 울음 뒤에다 긴 터널을 만든다.

안개 낀 가을날은 뿡~뿡~ 더 길게 울고
달빛 고운 겨울날은 뿡뿡 짧게 울며
울음의 푸른 신호를 깃발처럼 흔든다.

거북 바위

가을 산 나뭇잎이 제 속살을 다 태워도
달다 쓰다 말 안 하고 누워 있는 거북 바위는
귀동냥 바람 소리를 밥그릇처럼 비워낸다.

천 년 동안 목을 빼고 더듬은 허공에는
살아온 그리움이 푸르게 멍이 들어
아무도 흉내 못 내는 숨소리가 담겨 있다.

어디로 갈 것인지 숨겨 둔 눈빛에는
제 몸에 알을 품고 슬어내지 못한 날을
가을 산 깊은 계곡에 씨앗처럼 떨군다.

한세월 하염없다 구르는 낙엽에게
망부석이 되어보라 가르치는 거북 바위
한 발짝 떼지 않고도 천 년 동안 걷고 있다.

달

품을 수 있는 것은 다 품어서 더 그립고
버릴 수 있는 것은 다 버려서 더 은은한
저 달의 필흔인적(筆痕印迹)에 소쩍새만 울고 있다.

삶의 속도

삶에서 내리막은 브레이크가 없다 하니
가능한 바퀴 없는 두 발을 쓰라 한다.
그래야 넘어져서도 일어날 수 있으니

겨울 저수지

한 겨울 저수지는 숨구멍만 남겨놓고
제 몸을 다시 찾으려 눈을 막고 귀를 막아
온몸이 벽이 되도록 기도하고 기도한다.

추우면 추울수록 더 단단한 화엄의 몸,
그 위를 고라니가 사뿐사뿐 걸어가며
얼마나 기도 소리가 투명한지 살펴본다.

박쥐

한평생 두 눈을 감고 살아도 서러운데
거꾸로 매달려서 일생을 살면서도
꽃 피고 환한 봄날은 가장 먼저 기다린다.

진달래 배롱나무 그 붉은 꽃 울음이
두 귀에 가득할 때 보고 듣는 말이 있어
박쥐는 어떠한 말도 귀에 담지 않는다.

어떤 관광 가이드의 말

시각장애인 모시고서

손뼉 치고 노래하고

이곳저곳 관광하며

돌아가는 마지막 날,

참 좋다!

잘 보고 간다.

다음에 또 오겠단다.

* 어느 관광 가이드가 시각장애인들을 모시고 관광 가이드를 하면서 시각장애
인들이 한국에 돌아가실 때 '잘 보고 간다! 구경 잘했다' 이 말을 꼭 해 주고
간다고 했다. 눈으로 보지는 못했지만 마음으로 즐기고 가는 그 모습이 가장
인상 깊었다고 전해 주었다.

제 **4**부

파

― 1980년대를 회상하며

좌측은 좌파들이
우측은 우파들이

파들을 형성하여
향을 품고 자라는데

파들을
뿌리째 뽑아
꽁꽁 묶어 내다 판다.

좌파를 심었다고
밀고를 당할까 봐

우파를 심었다고
손가락질 받을까 봐

좌, 우파
모두 섞어서
새벽시장에 내다 판다.

가로수

봄마다 가로수는 가지가 다 잘리고
그늘을 만들었던 허공의 빈자리에
뱀처럼 휘어진 길을 병풍처럼 껴 앉는다.

가짜도 아닌 진짜 진짜도 아닌 가짜
말들을 대신하여 가지를 뻗었는데
위로는 자랄 수 없는 그 말들을 또 듣는다.

언뜻 보면 저 싸움은 답 없는 싸움인데
허공의 그 높이를 꽃길이라 생각하며
우듬지 반이 잘려도 새잎을 또 피운다.

봄, 잎갈나무를 만나다

잎갈나무 가지마다 잎을 문 봉오리가
매화꽃 둥지처럼 방울방울 달려있다.
잎잎이 둥지를 틀어 자궁 속의 아이 같다.

지난겨울 칼바람과 눈이 맞은 잎갈나무,
바람의 씨 주렁주렁 가지 끝에 맺혀 놓고
그 마음 드러내려고 봄의 품을 기다린다.

얼어 죽지 않으려고 칼바람과 나눈 사랑,
그 핑계를 앞세워서 한 몸으로 살았으니
잎잎이 칼바람 같은 뾰족한 잎을 틔운다.

* 잎갈나무: 소나무과의 낙엽 교목, 뾰족한 침엽수 나무를 잎갈나무라 한다.

난청

소리를 듣는 귀가
어떤 말을 들었는지
세상의 말 다 싫다고
내 귀를 다 막는다.

헐거워
조일 수 없는
그리움만 쌓여있다.

석삼년 쉬고 나면
들리겠지 믿었는데
소리가 떠나가고
폐허가 된 나의 귀는

날마다
空手來空手去
새로운 소릴 듣는다.

꿈

소똥을 둘둘 말아
굴리고 가는 쇠똥구리

쇠똥이 뭐가 맛있어
굴리고 가나 생각했는데

이제는 쇠똥구리도
볼 수 없는 세상이다.

내 기억의 戀愛史에
뛰어들은 쇠똥구리

풀밭에 마주 앉아
쇠똥구리를 바라보며

서로가 힘이 들 때는
밀어주자 말 했는데…

6월에

목소리가 안 나올 때
주고받는 筆跡 대화

손바닥 만 한 나뭇잎이
기생 손을 뿌리치듯

6월의 햇볕을 받아
이야기를 나눈다.

금싸라기 땅도 아닌
깊고 깊은 산중에

바람은 무상으로
밤꽃 향기 피워대며

情 없는 과부에게도
밤 마실을 부채질한다.

탁란(托卵)*

저 명치끝 울음 속엔
부정(不正)도 모정(母情)이라

뻐~뻐꾹!
뻐꾹! 뻐꾹!
뻐~뻐꾹!
뻐꾹! 뻐꾹!

울음을
밟고 오라고
징검다리를 놓는다.

* 탁란(托卵):새가 다른 종류의 새의 집에 알을 낳아 대신 품어 기르도록 하는 일.

서해 바다에서

서해 바다의 수평선은 지는 해를 한 입 물고
뱃고동 소리부터 갈매기 소리까지
한 쟁반, 가득한 꿈을 담아내고 있습니다.

수만 장 꿈의 책을 읽고 있는 별빛들은
새우 떼 쫓아와서 돌아가는 고래 등을
살포시 올라타고서 너울너울 춤을 춥니다.

보이면 꿈이 아니고 느끼면 사랑 아니라고
입을 꾹 다물고서 버티던 가리비도
불 맛에 마음이 변해 입을 짝짝 벌립니다.

텅 빈 허공을 가득하게 쌓았던 파도 소리,
그 마지막 파도 소리는 갯벌 위에 그려놓고
목숨을 음표로 삼아 교향곡을 만듭니다.

당신이 먹어왔던 고등의 속살보다
그 고동의 등에 새긴 눈물을 바라보면
술맛도 취하지 않아 첫사랑만 떠오릅니다.

버드나무

버드나무가 물을 먼저 찾아와 발 뻗을 때
얼마나 서러움 받고 눈칫밥을 먹었는지
검붉은 칠월 장마에 제 몸을 다 던진다.

이대로 엎어지면 죽는 줄 알면서도
이대로 쓰러지면 끝인 줄 알면서도
더 낮게 흐르는 강물, 손을 덥석 잡아 본다.

세상과 단절되어 말 한 마디 못한 마음
검붉은 피 울음을 몸으로 다 받아내고
스스로 지팡이처럼 물의 발이 되어 준다.

강둑은 버드나무의 저린 팔을 부여잡고
범람을 가로막고 거친 숨을 삼키지만
세월은 나뭇잎처럼 말꼬리를 싹 자른다.

무력과 무기력이 함께한 허공에는
시절만 가득하게 가슴을 내주는 데
상형(象形)의 버드나무가 한 획의 글이 된다.

나이

나이라는 저울에는
내려놓을 추(錘)가 없다.

아무리 무거워도
들어 줄 벗이 없어

살 만큼 살다 가라는
실 눈금만 새겨있다.

L에게

나는 펜
너는 잉크

너는 별
나는 어둠

서로가 서로에게
품어주고 보듬지만

하늘의
해와 달처럼
만날 수가
없구나.

목련꽃을 보며

내 마음을 겨우내 지켜본 목련 나무,
아무 말 않겠다고 다짐을 받았는데
혼자서 끙끙 앓다가 터트리는 입소문.

실어증에 무릎까지 뒤틀린 시간들을
집어등 불빛처럼 밝혀 든 가지 끝은
환한 봄 더욱 환하게 입소문을 퍼트린다.

그 소문 동네방네 주르륵 다 퍼져서
무엇이 사랑인지 모르던 아이들도
저 혼자 목련 꽃처럼 임을 찾고 있었다.

홍천 가리산 연리지 앞에서

참나무와 소나무가 한 몸으로 사는 데도
참나무 가지에는 꿀밤이 열려 있고
소나무 가지에서는 솔방울이 열려 있다.

어떤 이는 그 옆에서 소원을 빌고 가고
어떤 이는 그 앞에서 사진을 찍으면서
모두가 연리지 같은 결심을 하고 간다.

나는 오늘 다시 한 번 두 나무를 바라보며
한 몸으로 살아가는 숨소리를 엿듣는 데
바람이 늙은 바람이 달빛처럼 왔다 간다.

살다 보면 미치지 않아도 다 미친다

이 세상 살다 보면
미치지 않아도 다 미친다.

팔자에 없는 놈과 눈이 맞아 아이 낳고
죽을 수 없어서 살다 보니 미쳐 있는
이 세상 영혼 하나가 돌멩이가 되어 있다.

독이 든 약을 먹고 죽을까 생각하면
비극도 살아보면 아름다운 섬이라고
억지로 웃고 있는데, 그 웃음이 더 애닯다.

나쁜 놈, 원수 같은 놈, 벼락 맞아 죽을 놈,
이런 욕도 아까워서 침묵 속에 다 삭히고
스스로 안개가 되어 제 모습을 다 감춘다.

미쳐서
웃지 않으면
살수 없는 세상이다.

물소리 탁본
─ 설악산 십이 선녀탕 계곡에서

내 생의 뒤를 보면 아무것도 안 보인다.

설악산 십이 선녀탕 계곡을 흘러가는 물은 제 생의 뒤에 무엇을 생각하고 무엇을 들었는지 단단한 돌에 돌보다도 더 단단한 말을 새기고 있었다. 선녀들이 밤마다 설악산 계곡에 와서 달빛처럼 들어앉아 몸을 씻고 돌아가면 가슴이 쿵쿵 뛰어 설레던 바위의 틈을 물소리가 파고들어 커다란 웅덩이가 패인 것이라 생각했다. 나는 내 귀에 십이 선녀탕 계곡의 물소리를 탁본해 와서 두 눈을 감고 읽고 읽었다. 선녀들의 하얀 살냄새와 허공을 붓 삼아 써 내려간 물소리의 문장 속에는 옷 한 벌 입고 부끄러움을 다 가렸다고 느끼는 나를 천 길 벼랑 위에 올려놓았다. 입을 봉해 돌을 만들고, 욕망을 봉해 나무를 만들며, 눈을 봉해 바람을 만들고, 귀를 봉해 물을 만들어 내 삶의 산을 만들어 살아가라 한다. 아아

봄마다 뻐꾹새 와서 물의 글을 읽고 간다.

제 5 부

고향생각 · 1

내 나이 스무 살에
고향을 떠나와서

해 지고 달이 뜨면
주워 담은 수많은 별,

그 생각
하나하나가
꿈이었고 길이었다.

고향생각 · 2

명바우 바위 밑은
명매기가 차지하고

뜸바우 바위 위는
멱을 감는 우리 차지,

신작로
미루나무는
흰 구름이 차지한다.

고향생각 · 3

괸돌을 지나갈 때
고인돌 바위 위는

친구들과 올라가서
깔깔대며 놀았는데

어느 날
산산 조각 내
신작로가 되었다.

---

* 괸돌: 고인돌이 많다고 하여 부르던 마을 이름. 논과 밭 길 등에 고인돌이 많
  이 있었는데 길을 넓히고 논을 정리정돈하며, 다이너마이트로 폭파하여 그
  돌을 길의 축대 등으로 쓰였다.

고향생각 · 4

집 뒤의 산꼭대기
고대 흙 한 짐 파서

검게 그을렸던
부엌 벽에 처바르면

그날은
검은 솥단지
부처처럼 환했다.

* 고대 흙 : 어릴 때 산꼭대기에 붉은 흙을 고대 흙이라 했다. 오래되고 깨끗한
황토(붉은) 흙을 지칭했다. 옹기 그릇 등을 굽거나 부엌, 벽에 바르는 흙으로
쓰였다.

고향생각 · 5

고구마 퉁가리를
윗목에 모셔두고

부엉이 우는 겨울
화롯불에 묻어 놓고

밤마다
군고구마를
호호 불며 먹었다.

*퉁가리 : 둥우리의 충청도 방언. 수숫대 등으로 퉁가리를 엮어 고구마 등을
  얼지 않게 보관하는 데 쓰였다.

고향생각 · 6

살얼음을 툭 밟아서
안 빠지고 걷는 재미,

그 재미에 정신 잃고
살얼음을 걷다 보면

꼭 한 놈,
홀랑 빠져서
엉엉 울고 집에 갔다.

고향생각 · 7

자치기, 쥐불놀이,
딱지치기, 땅따먹기,

함께한 친구들이
고향 떠나 살면서도

아직도
옛날 그 버릇
가슴속에 묻고 산다.

고향생각 · 8

내 귀를 살찌웠던
소쩍새 울음소리

앞산에 앉았다가
뒷산에 앉았다가

더러는
이웃집 담장
소쩍소쩍 넘었다.

고향생각 · 9

일 년 중 가장 바쁜
모내기철 끝이 나면

세상 떠난 사람 빼고
다 모여서 가는 철엽,

풀잎도
작대기 장단에
너울너울 춤을 췄다.

고향생각 · 10

꿩 사냥에 날린 매를
잃고 온 그날부터

매 생각에 밥을 굶고
허공을 지켰는데

그 양반
저승에 가서
그 매를 찾았을까?

고향생각 · 11

외나무다리 상여 갈 때
뫗 소리가 부족하다고

싸리꽃과 찔레꽃이
꽃향기를 보태지만

꽃상여
가로막는 건
대추나무 가지다.

고향생각 · 12

땅벌 집을 쑤셔놓고
줄행랑친 하굣길

머리부터 발끝까지
땅벌에게 쏘이고

온몸에
바른 된장이
한 사발이 넘는다.

고향생각 · 13

호롱불 켜고 살다가
전기가 들어온 날

삼십 촉 불빛 속에
잠을 잊고 뛰어놀면

처마 밑
제비 한 쌍도
함께 잠을 설쳤다.

고향생각 · 14

소낙비, 그 사이를
타오른 미꾸라지

하늘을 오르다가
마당에 떨어지면

삽살개
컹컹 짖는데
장닭이 와 채간다.

고향생각 · 15

매화꽃 피고 나면
앵두꽃이 피어나고

족두리꽃 피고 나면
구절초가 피던 고향,

이제는
섭섭하게도
타향 같은 고향이다.

*나의 고향 집은 오랜 시간 사람이 살지 않아 헐었다. 터만 남은 허공 위에는
 내가 자랐던 동심의 시간이 아직도 층층 쌓여 있다.

나의 詩는 끝없는 물음이다

임 영 석

나의 詩는 끝없는 물음이다

임 영 석

나는 1985년 《현대시조》 봄호에 「겨울밤」을 추천받아 문단에 나왔다. 그러나 이것이 나 스스로를 가장 깊은 수렁에 빠트리는 길이었다는 것을 깨달았다. 문단이라는 바다는 겉으로 보기에는 아름답고 수려한 장관을 보이고 황홀할 정도로 석양빛에 물들어 있다. 그러나 그 바다에 살아가는 생태계는 서로가 서로를 잡아먹고 잡아먹히며 탐욕과 욕망에 사로잡혀 살아간다. 그럼에도 불구하고 바다로 흘러온 물들은 깊고 낮음의 깊이를 탓하지 않고 평등성을 잃지 않으려고 끊임없이 자기 자신을 채찍 하며 파도를 친다. 나 또한 바다의 물과 같은 마음으로 바다의 생태계는 그 생태계대로 살아갈 것이기에 시조라는 바다의 물이 갖는 커다란 평등성 하나만 바라보며 정진을 거듭해 왔을 뿐이다.

사람의 마음은 유행처럼 번지는 유혹에 쉽게 빠져들 때가 많다. 그러한 것을 경계하게 만드는 것이 자연의 이치다. 자연은 스스로가 태풍을 만들어 탐욕에 찌든 것들을 집어삼키고 뿌리가 약한 것들을 쓰러트린다. 이것도 아니다 생각하면 지축을 흔들어 그 뿌리마저도 바로 서지 못하게 한다. 나는 자연의 이러한 이치가 왜 시조를 서야 하는지 가르치는 근본이라 생각한다.

내가 살아온 세월은 비현실과 늘 타협을 강요해 왔다. 노동자라는 삶을 살면서 나 스스로를 위해서 명분 없는 비현실에 굴복하지 않기 위해 인내의 노력을 해 왔다. 대의명분이 없다면 나를 위한 현실은 인간답게 살아보자는 구호와 평등한 세상을 만들자며 끊임없이 자책

해 왔다. 때로는 망막한 절벽에 서 있다는 느낌도 들었다. 그러나 그 절벽이 나의 가장 튼튼한 울타리임을 깨달았다. 남들이 무서워 감히 서지 못하는 절벽에 서서 나는 더 큰 희망과 자유를 바라보며 시를 써 왔다.

나는 지금도 끊임없이 묻고 있다. 왜 글을 써야 하는지? 왜 살아야 하는지? 누군가는 의자가 권위와 부를 상징하는 자리로 생각할 것이다. 나는 그런 의자는 의자가 아니라 '위치일 뿐이다'라고 말하고 싶다. 그래서 「의자論」 같은 작품을 쓰게 되었다. 이 세상의 의자란 하느님 같은, 부처님 같은 희생과 사랑을 만들어 내는 자리여야 진정한 의자라 생각한다. 물은 그래서 바다로 흘러가 평등의 푸른 자국을 남기었고, 별빛이 앉기 위해 만든 의자는 그 작은 불빛 하나를 빛내기 위해 얼마나 커다란 어둠의 의자가 있어야 함을 보여주고 있다.

물에게 바닥이라는 의자가 없었다면
평등을 보여주는 수평선이 없었을 거다.
물들이 앉은 엉덩이 그래서 다 파랗다.

별빛에게 어둠이라는 의자가 없었다면
희망을 바라보는 마음이 없었을 거다.
별빛이 앉은 엉덩이 그래서 다 까맣다.

의자란 누가 앉든 그 의자를 닮아 간다.
풀밭에 앉고 가면 풀 향기가 스며들고
꽃밭에 앉자다 가면 꽃향기가 스며든다.

— 졸시, 「의자論」 전문

　나는 내가 누구인가를 또 묻고 묻는다. 왜 시를 쓰고 써야 하는지를 또 묻고 묻는다. 이 물음에 답이 어디 있겠는가 싶다. 그 답은 시를 쓰고 있을 때만 찾아지는 것이다. 막상 시를 써 놓고 보면 오답이라는 생각이 또 든다. 그래서 그 답을 찾으려고 또 시를 쓰는 것이다. 이 세상의 진리가 무엇이냐는 질문과 흡사 같은 것이 아닌가 생각한다. 진실해야 하고, 사랑해야 하고, 나누어야 하고, 희생해야 한다고 끝없이 말하지만, 정작 세상을 살아가는 사람들은 그러한 진리의 가치 앞에 얼마나 진실한 행동을 하는가. 열에 아홉은 마음으로 동의를 하지만 선뜻 올바른 행동을 옮기지 못한다. 목구멍이 포도청이기 때문에 나서지 못하고 어쩔 수 없이 자기 자신을 속이고 자본에 길들여지는 것을 나는 오랜 시간 노동 현장에서 많은 동료들을 보아왔다.

시조를 쓰시는 분들 중에는 사회적 문제에 투쟁을 하거나 저항의 현장에 가까이한 분들이 그리 많지 않다고 생각한다. 자연의 모든 것은 투쟁 없이는 살아가기가 불가능하게 되어 있다. 사람이 그 먹이 사슬의 가장 최상위 포식자이다. 그럼에도 스스로가 포식자라 생각하지 않는다. 먹이 사슬의 최상위 계층인 사람은 사람에게 억압과 착취를 서슴없이 자행한다. 권력은 이념의 대결로 억압하고, 자본은 법을 통해 착취를 정당화시킨다. 이 구조적 문제가 오랜 시간 끊임없이 반복되며 인간성을 부르짖고 평등성을 외쳐야 할 대다수의 문학인은 작품 속에 그 권력에 침묵하거나 저항하지 않았다. 권력과 자본에 짓밟히는 그 자체를 수용하고 받아들이는 무저항도 표현의 한 방법이다. 그러나 그 무저항의 삶을 살아가고 있음을 보여주는 의식만큼이라도 작품 속에 담아내야 먼 훗날 시대의 흐름을 가치 있게 판단하는 기준이 될 것인데, 많은 시조인 들이 그 무저항의 표현조차도 외면하고 살았다고 생각하는 것이 나만의 생각이었으면 좋겠다.

세상은 위선자가 더 당당하게 살아가는 모습을 볼 때 이 세상이 희망이 있는지, 진실이 있는지?라는 생각이 들 때가 많다. 앞서 말했듯이 분명 바다로 흘러간 물이 바다에 살아가는 뭇 생명들의 오만과 오욕 때문에 평등을 잃거나 또 다른 높이를 만들지 않는다. 때문에 세상은 그 위선자들이 생각할 수 없는 삶을 구현하기 위해 시련과 갈등이 주어져도 그 위선을 극복하고 넘어서는 작품을 써야 할 것이다. 나는 적어도 시인뿐만 아니라 모든 예술인은 양심의 최전방에 서 있는 파수꾼이어야 하며 등대불 같은 역할을 해야 한다고 생각한다. 내가 33년 동안 시 쓰는 일을 멈추지 않는 것도 그 희망의 불씨를 믿기 때문이었다.

어떤 이는 스스로의 위치가 권력이 되기도 하고, 어떤 이는 스스로의 위치가 범접할 수 없는 성벽이 되어 있는 문학인이 존재한다. 나는 문학의 권력과 성벽을 이

른 문학인을 추종하지 않고, 찾아가 아부하지 않는다. 그 이유는 바다에 흘러간 물처럼 자기가 살아가는 세상에서 만물의 평등성을 글 속에 담아내는 숙명을 뒤로하고 위선자들이 버젓이 세상에 군림하도록 침묵하거나 개인의 안위만 쫓아 묵시적 삶을 살아가기 때문에 따르지 않고 추종하지 않는 것이다. 분명 그러한 권력의 문학인, 성벽의 문학인은 문학 그 자체도 시간이 지나면 솜사탕처럼 녹아 사라질 것이기 때문이다.

나는 어느 문학 강연에서 시인은 스스로 천연기념물이 될 수 있는 생명력 있는 작품을 써야 한다고 말했다. 천년이 흘러도 읽힐 수 있는 작품을 써야 그 작품이 천연기념물이 된다고 믿는다. 그러한 작품을 쓰기 위해서 어떠한 마음가짐을 가져야 하고 어떠한 행동을 보여야 하는가를 생각할 때, 몸과 마음이 바르지 않고 튼튼하지 않는다면 좋은 글을 받아 낼 수 없다고 본다. 아무리 밝은 세상이라 해도 진정성을 담보하고, 시간의 시공을 뛰어넘어 언제 읽어도 공감하고 내 몸의 피와 살이 되는 작품은 영원할 것이다. 그러한 작품 하나를 만나기 위해 온갖 시련을 참고 극복하는 것이 문학인의 근본이라는 생각이다. 그러한 참된 마음을 만나고 작품을 쓰기 위해 그 어떤 희생과 절망을 이겨내는 노력을 게을리하지 않아야 함을 항상 느낀다.

무너지지 말라고 쌓는다면 탑 아니다.
무너지고 무너져서 무너지지 않는 마음
그 마음 쌓고 쌓아서 높아지면 다 탑이다.

— 졸시, 「塔·2」 전문

세상의 탑은 아무리 튼튼하게 쌓아도 언젠가는 무너지게 되어 있다. 무너지지 않는다면 바위이거나 산이거나 흙무덤이어야 할 것이다. 그래서 나는 탑이라는 것이 무너지는 마음을 바라보고 바라보면서 사람의 마음속에서 무너지지 않는 그 마음의 간절함을 간직했을 때 비로소 탑이 쌓여진다고 생각했다.

시인의 시는 그 시인의 인생의 탑이다. 천년 고찰의 탑은 천 년 동안 기도를 하며 지켜진 불자들의 탑이지 그 탑을 쌓은 석공의 탑이 아니다. 우리가 살아가는 세상에서 천년을 흘러가는 강물은 천년의 생명을 품어준 공간의 탑이 있기에 강물이 흐르는 길을 만들어 냈다. 천년의 세월을 살아온 나무는 천 년 동안 생명을 품어준 사람과 자연과 우주의 조화가 없이는 천년을 버틸 수 없었을 것이다. 나무나 강물이 스스로가 스스로를 지켜낸다는 것은 불가능하다. 아무리 뛰어난 석공이 탑을 쌓아도 그 탑을 지켜내지 않는다면 허물어지는 것은 시간문제. 마음의 높이가 탑을 지키는 유일한 희망이고 힘이다. 나는 내 희망의 높이를 높이기 위해 대자연이 품어내는 자연을 배우고 또 배우며 살아가고 있다.

사람의 생명도 풀잎처럼 단조롭고 가냘프다. 돌 같다고 생각하며 살아간다면 단단히 돌이 깨지지 않게 지켜내려는 욕심으로 평생을 살아야 할 것이다. 그래서 나는 오늘만 살고 내일은 살지 않겠다고 생각하며 살아간다. 오늘을 바르게 살지 못하는 사람이 내일을 어떻게 잘 살 수 있겠는가. 아무리 우리가 세상의 평등성을 외쳐도 이 지구의 수많은 먹이사슬의 구조가 어쩔 수 없이 이루어져 있다. 그 모순을 뒤바꿀 수는 없다. 그래서

쓴 시를 계간 《시에》 2018년 봄호에 아래와 같은 시를
발표했다.

　　나, 이제부터는 반듯하게 살지 않기로 했다.
　　좀 삐딱하게 살기로 했다.
　　그간 허리 휘게 일하고 돈 벌어 꼬박꼬박 세금 내며 살
았는데
　　백수건달 양아치처럼 살아가기로 했다.
　　내가 반듯하게 살아간다고 세상이 반듯한 것도 아니다.
　　벚꽃 피면 벚꽃 축제, 진달래 피면 진달래 축제,
　　갈대꽃 피면 갈대 축제, 해바라기 피면 해바라기 축제
　　눈이 오면 눈꽃 축제, 이 나라 축제란 축제 모두 즐기
며 살기로 했다.
　　이미 지구는 23.5도 기울어져 있다.
　　기울어 있는 지구를 똑바로 세우고 살지 못할 바에야
　　내 몸을 기울여 살기로 했다.
　　그래야 내 정신이 똑바로 서기 때문이다.
　　그간 내가 바르게 살지 못한 것은
　　지구가 기울어 있는 만큼
　　내 몸을 기울여 살지 못했기 때문이다.

그래서, 이제부터 내 몸을 23.5도 기울여

삐딱하게 살기로 했다.

— 졸시, 「나, 이제부터 삐딱하게 살기로 했다」 전문

왜 시조집에 자유시의 작품을 거론하느냐 생각할 것이다. 이 지구는 23.45도 기울어져 있다. 부처님도 하느님도 이 세상을 바로 세우고자 노력했지만 지구 안에서는 이 지구를 바로 세울 수 없다는 것을 알았을 것이다. 때문에 불경과 성경을 통해 지구의 기울은 마음을 바로 잡고자 노력했다고 본다. 두 거대한 인물에 비하면 미미한 벌레에 불과할 나 같은 사람이 어찌 세상을 바로 세우겠는가? 그래서 기울어져 있는 지구의 기울기만큼 마음을 기울여 살아야 세상을 바로 바라볼 수 있다는 생각에서 이 작품을 쓰게 되었다. 세상을 바라보는 각도의 차이가 지구의 안과 밖이 존재한다는 의식을 만들어 낸다. 인구가 줄어드는 것을 걱정하는 사람이 많다. 이미 많은 학교가 폐교가 되었고, 농어촌으로 시집가서 살 사람이 없어 외국인과 결혼을 해서 살아가는 다문

화 가정이 많이 증가해 있는 것이 우리가 사는 세상의 현실이다. 또한 젊은이들이 결혼하지 않아 인구 감소가 급격히 증가되는 추세다. 이 또한 단순히 인구 절벽의 문제를 벗어나, 먼 훗날 권력과 자본을 위해 일할 일개 미 같은 사람이 줄어든다는 인식을 깊숙이 숨기고 있다 고 본다.

　　게으름을 모르기에
　　찬양받는 일개미.

　　세월의 등고선을
　　허리에 질끈 묵고

　　날마다
　　삶의 걸음을
　　태산처럼 옮긴다.

　　　　　　　　　　　— 졸시, 「일개미」 전문

지금 노동자들의 삶은 일개미의 삶처럼 하루하루의 삶이 태산을 옮기는 심정으로 살아간다. 최저임금을 법으로 올려놓았으나 최저임금이 올라간 임금만큼 중간 휴식시간을 주어 무임금으로 최저임금 효과를 없애거나 각종 수당을 기본급화 하여 최저임금을 지키는 방법들이 다양하게 우리 사회 곳곳에서 나타나고 있다. 나는 이러한 사회적 현상을 보면서 노동자가 노동의 가치를 삶의 행복으로 만들어내지 못하는 세상이 안타까울 뿐이라 생각했다. 그래서 세월의 등고선을 허리에 질끈 묶고 태산을 옮기는 심정으로 하루하루 살아간다고 바라보았다.

우리나라에 외국인 노동자가 불법으로 체류하여 그 수가 증가하게 되자 불법체류자를 양성하려는 목적으로 근로자파견법이 생겼다. 그런데 자본은 내국인 외국인 따지지 않고 모두 파견근로자로 인식하고 고용하면서 비정규직이 양성되었다. 아이러니하게도 노벨평화상을 받은 고 김대중 대통령 시절에 근로자파견법이 국회를 통과하였다. 일부 언론에서는 귀족노조라 하여 대기업 노조를 비판을 하고 일반 국민의 저항감을 유도한다. 하지만 이들 대기업 노조와 시민단체들이 사회적 문제들에 대하여 투쟁하지 않는다면 일반 서민이나 비정규직들이 사회적 문제를 얼마나 앞장서서 개선하겠는가 싶다. 임금을 많이 받는 대기업 노동자는 파업만 일삼는다는 공식을 앞세워 언론이 보도를 하면 일반 국민은 그러한 모순점만 인식하며 받아들인다. 이렇게 권력과 자본이 자신들을 방어하는 수단으로 언론을 길들이기 때문에 권력이 바뀔 때마다 방송의 이중적 태도가 발생된다고 생각한다. 이러한 것이 우리의 과거사의 민낯이었다.

인간은 사회적 동물이다. 때문에 사회적 문제는 삶의 진로와 밀접하게 연결되어 있다. 좋은 대학을 나와 정규직에 취직을 해야 한다는 생각에 순수학문이나 철학, 문학 분야는 대학에서 학과 유지조차 어려운 처지가 되었다는 게 어제오늘의 일이 아니다. 그럼에도 시조 속에 이 사회의 문제를 얼마나 진정성 있게 고민하고 담아내고자 노력하고 있는가를 나는 나 자신에게 묻고 묻는다.

이 세상 살다 보면
미치지 않아도 다 미친다.

팔자에 없는 놈과 눈이 맞아 아이 낳고
죽을 수 없어서 살다 보니 미쳐 있는
이 세상 영혼 하나가 돌멩이가 되어 있다.

독이 든 약을 먹고 죽을까 생각하면
비극도 살아보면 아름다운 섬이라고
억지로 웃고 있는데, 그 웃음이 더 애달프다.

나쁜 놈, 원수 같은 놈, 벼락 맞아 죽을 놈,
이런 욕도 아까워서 침묵 속에 다 삭히고
스스로 안개가 되어 제 모습을 다 감춘다.

미쳐서
웃지 않으면
살 수 없는 세상이다.

— 졸시, 「살다 보면 미치지 않아도 다 미친다」 전문

사설시조로 중장에 의도적으로 연시조로 썼다. 내가 85년 등단할 때 실험한 사설시조 속의 중장 사설을 평시조 구조를 연시조로 이어 놓은 형식이다. 작품 그대로 미치지 않고서는 혼자 아이를 키우기 어려운 세상이다. 먹고사는 문제에만 집중되었던 6,70년대에서 벗어나 사람답게 사는 세상으로 바뀌면서 아이를 키우고 사는 것이 걸림돌이 되어가는 것이 요즘 세상이다. 옛날에 비하면 의식주 모두가 눈부신 만큼 향상된 것은 맞다. 그러나 삶의 만족을 느끼는 행복지수는 날로 줄어들고 있음에도 이 세상을 살아가는 이 시대의 많은 시인은 사람이 기본적으로 추구하고 향유해야 할 행복지수에 대하여 소극적이거나 표현을 아끼고 있다고 생각한다.

문학이 세상을 살아가는 사람들의 행복을 만들어내지는 못한다. 그러나 세상의 모순을 지적하고 세상 사람들에게 적극적으로 공감하도록 표현함으로써 그 모순된 부분들이 점차적으로 개선되는 것이다. 문학인이 그러한 창작의 행동을 멈추면 새로운 세상이 만들어지지 않는다. 나는 나의 詩가 나를 끊임없이 질책하는 물음들이라 생각한다.

왜 그럴까? 왜 그래야 할까? 라는 물음을 멈춘다면 진정한 세상을 만들어 가기가 어려울 것이다. 이 세상의 모순에 침묵한다면 사람이 사물과 무엇이 다른가 싶다. 이 지구의 자연은 수백억 년 동안 버리고 받아들이는 생명을 품어 왔다. 때문에 이 지구의 모든 대상이 생명을 지속적으로 살아가게 만들어 낸다. 이 지구상에 사라지는 것이 수없이 많이 존재한다. 사라지는 것이 두려운 것이 아니라 이다음 사람이 사라지는 차례가 올 수 있다는 생각을 해야 할 것이다. 지구의 역사에 비해 사람이 살아온 시간은 극히 짧다. 사람이 살아온 시간에 비해 문학이 존재한 시간은 더 더욱 미미하다. 그러나 이렇게 없었던 분야들이 사람 삶 속에 새롭게 생겨난 근본적 이유가 있을 것이다. 그 이유를 나는 자연의 품에서 배우고 찾는다.

사람 삶의 걸음이 문학의 걸음일 것이다. 짓밟으면 더 악착같이 사람의 발길을 쫓아와 살아가는 질경이가 있다. 바람에 자신의 씨앗을 더 멀리 퍼트리는 민들레가 있다. 이 모든 자연의 이치는 사람의 삶을 어떻게 살아야 하는가를 깨닫게 해준다. 시조도 오랜 시간 우리 민

족의 가슴 속 깊이 숨 쉬어 온 것이다. 꽃불은 자 자신을 불 질러 또 다른 나를 꽃피워내기 위한 작업이다. 내 가슴속에만 존재하는 과거를 통해 누군가는 더 새로운 미래를 생각할 것이다. 이 순환의 작업이 창작의 기본으로 흘러가야 한다.

분명 내 삶에도 무수한 문제들이 존재한다. 그러나 그 문제를 풀어내기 위해 나는 묻고 물으며 시를 쓴다. 내 양심의 가치가 내 시의 질량으로 만들어질 것이기 때문이다. 순도 100%의 질량 높은 양심을 바라보고 깨닫기 위해 나는 나에게 묻고 묻는다. 나무처럼 마음의 둘레만 키워가는 삶을 산다면 무슨 의미가 있을까? 사람이 나무의 그늘에 와 쉬도록 나뭇잎을 더 넓게 피워내야겠다. 비록 아무것도 가지지 않은 삶의 밑천이지만 시조를 쓰며 살아가는 한 나는 나를 더 무너트릴 것이다. 그리고 그 무너진 자리에 새로운 희망이 자라도록 햇살의 눈부심을 더하여 주겠다.

시와소금 시인선 · 080

꽃불

ⓒ임영석, 2018. printed in Seoul, Korea

1판 1쇄 발행 2018년 7월 30일
지은이 임영석
펴낸이 임세한
책임편집 박해림
디자인 유재미 정지은

펴낸곳 시와소금
출판등록 2014년 1월 28일 제424호
발행처 강원 춘천시 충혼길20번길 4, 1층 (우-24436)
편집실 서울시 중구 퇴계로50길 43-7 (우-04618)
팩스겸용 (033)251-1195 / 휴대폰 010-5211-1195
이메일 sisogum@hanmail.net

ISBN 979-11-86550-71-7 03810

값 10,000원

강원문화재단
Gangwon Art & Culture Foundation
• 이 시조집은 2018년 강원도 강원문화재단 창작지원금으로 발간하였습니다.